KB184204

최영재 동시집

어린이 명함

어린이 명함

최영재 동시 · 양채은 그림

시인의 말

고마운 기억

올여름, 기나긴 폭우와 끔찍한 폭염이 엄청났죠.

매일 축축하고 뜨거운 나날 보내느라 모두가 참 힘들었지요.

10월 초에야 가을바람이 불어 감동, 감사하며 새 계절을 맞이했어요.

긴 소매 옷들이 옷장에서 나와 거리를 휘젓고 다녔죠.

이제야 살 것 같다며 누구나 좋아했어요.

헌데요, 사람들은 그 지독했던 여름 더위 기억을 금방 잊었어요.

나쁜 기억은 얼른 잊고 살라는 하늘의 뜻을 알았을까요?

여러분에게 좋은 기억이 되길 바라며 작품집을 만들었어요.

즐거이 읽고 한 편이나마 기억해 준다면 참 고마운 일입니다.

2024년을 보내며

최영재

제 1 부
초행길

제 2 부

똑같은 집

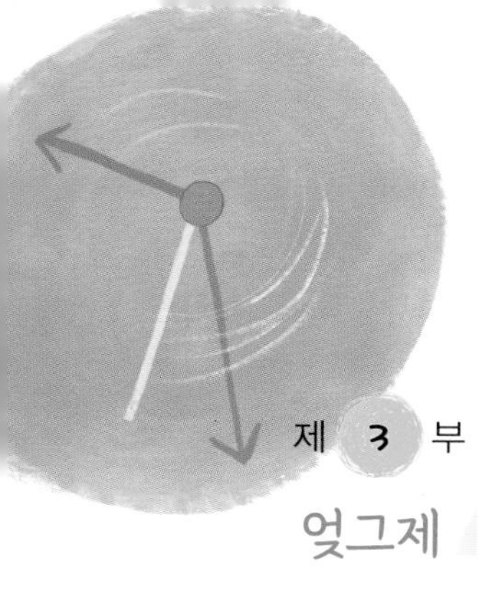

제 3 부

엊그제

제 4 부

발바닥

제1부 초행길

다 운다 • 새로운 직선 • 두 다리가 말했다 • 안 아픈 소리 • 길의 속도
어린이 명함 • 초행길 • 깁스한 핸드백 • 중국음식점 • 농구 선수 • 훸
박수소리 • 처음 보는 나무 • 누가 누구를 데리고 가나?

다 운다

엄마 운다!
양파 세 개째 다지고 있잖니?

아빠 운다!
방금 안약 넣었잖니?

누나도 운다!
동화책이 너무 슬픈 걸 어떡하냐?

새로운 직선

멀리서 어른 한 분이
나와 부딪칠 듯
직선이 되어 걸어오신다.

점점 가까워지며
조금씩 각도를 양보하니
새로운 직선이 생긴다.

새로 만든 선으로
부딪치지 않고 잘 비켜 갔다.

두 다리가 말했다

자동차!

고속도로 쌩쌩 뽐냈지?

자전거!

사람 앞지르며 휘파람 불었지?

내 두 다리!

꼬불꼬불 꽃길 거닐고

층계 오르락내리락

교실, 복도 어디나 왔다 갔다야.

왜? 할 말 있어?

안 아픈 소리

동네 내과, 기다리는 의자에 앉아
엉덩이 때리는 소리를 듣는다.

짝짝짝 짝
그 소리 잠깐 뒤

주사실 문 열고 나오는 아이
대기석 여러 눈길 향해 눈으로 말한다.

'하나도 안 아파요.'

주사실

길의 속도

아이들은
길을 뒤로 보내며 앞으로 걷는다.

마라톤 선수들은
길을 뒤로 빠르게 보내며 달린다.

우리 동네

휠체어 탄 할아버지는

길을 뒤로 천천히 밀며 가신다.

어린이 명함

어른들은 처음 만나는 사람과
명함을 주고받으며 인사합니다.

우리는 전학 온 친구와
얼른 손잡고
금방 잘 아는 사이가 됩니다.

손바닥은 우리들의 명함.

초행길*

길이 텃세를 부린다.

길옆 건물 창문마다
덕지덕지 낯선 광고지 붙여놓고

처음 보는 시내버스들만
찻길에 불러내고

가까운 길도 죽죽 늘여놓고
무뚝뚝한 사람들만 길에 내보낸다.

* 초행길 : 처음으로 가는 길.

깁스한 핸드백

멋쟁이 할머니의 팔에
핸드백이 걸린 것 같기도 하고
없는 것 같기도 하여
따라가 자세히 보니

다쳐서 깁스한 팔을
예쁜 천으로 둘둘 감아
파란 끈을 목에 걸었으니
내가 깜빡 속을 수밖에.

중국음식점

시내버스에 오르자
아빠는 단말기에 카드를 대며
기사님에게 큰 소리로

"어른 하나에 초등학생 둘이요."

그 말이 마치
"탕수육 하나에 짜장면 둘이요."
처럼 들렸다.

농구 선수

우리 아빠는 버리는 종이, 비닐을 똘똘 뭉쳐
한발 물러서서
벽을 먼저 맞추고 휴지통에 골인시킨다.
성공하면 얼굴 활짝

실패하면
쓰레기 뭉치를 도로 주워 와
한 눈 감고 정확히 다시 슛!

세 번째도 안 들어가면 심각해진다.

훅

우리 아빠는
저녁 식사 때
맥주 두 잔을 마신다.

한 잔은 단번에 꿀꺽꿀꺽
"캬아~!"
나머지 한 잔은 아주 조금씩

"훅 드셔요." 하면
"아까워서 어떻게 훅 마시냐?"

내가 아이스크림을 한 번에 훅 먹지 못하듯?

박수 소리

아빠 따라간 음악회
한 곡 연주 끝나자

관객들은 감동 가누지 못해
각자의 악기를 동시에 꺼내어

지휘자도, 연습도 없이
가슴 뭉클한
손바닥 연주를 오래도 하네.

처음 보는 나무

가을 태풍 지나자
아파트 안길에
부러진 나뭇가지, 각종 나무 열매 떨어졌다.

아이들 모여 큰 나뭇가지 골라 길바닥에 놓고
노란 은행알, 솔방울, 마로니에 열매를 모아 *
가지 사이에 듬성듬성 놓으니

지나던 어른들 싱긋
"와, 이런 나무 처음 보네!"

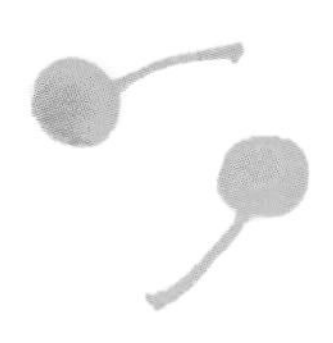

* 마로니에 : 나도밤나뭇과에 속하는 나무. 열매 모양이 밤과 거의 같다. 먹지는 못함.

누가 누구를 데리고 가나?

아빠가 딸을 데리고 간다.

"아빠, 오른쪽으로 걸으셔요."
– 그, 그래.

"아빠, 앞을 보고 걸으셔요."
– 오, 오냐.

"아빠, 웃옷 위 단추를 잠그셔요."
– 아, 알았다.

딸이 아빠를 데리고 간다.

제2부 똑같은 집

누나의 안경

웃을 때 더 예쁜 외사촌 누나
누나는 안경도 참 예쁘다.

누나가 안경 벗어 닦을 때
그 다정한 얼굴 어디 숨겼지?

딴 사람 된 무뚝뚝 누나가
찡그린 얼굴로 나를 흘겨보네.

창밖 소리

아파트 창밖에서
등굣길 아이들 말소리
두런두런

무슨 말인지 들릴 듯 말 듯

무슨 말을 주고 받길래
저리도 즐거이 재잘거릴까?

숫자가 걷는다

140 나가신다, 길을 비켜라.
139 나가신다, 길을 비켜라.

난 37
난 36.5

난 양쪽 2.0
난 둘 다 1.5

키, 몸무게, 시력검사 뒤
보건실 안을 휘젓고 다니는 숫자들.

딱지 떼기

가로수 플라타너스에
얼룩덜룩 잔뜩 붙은 껍데기 조각.

건널목 신호등 옆 플라타너스 둥치는
껍데기가 거의 떨어져
나무 살이 하얗다.

나처럼
딱지 떼기 좋아하는 사람들이
아주 많다는 증거.

버저비터 *

남은 시간 3초.
스코어는 한 점 차이
지고 있는 선수는 엔드라인에서 공을 받자마자
머나먼 저쪽 팀 백보드를 향해 힘껏 던진다. *

종료 1초 전.
공중에서 포물선을 그리던 공이 약간 오른쪽으로 기우는 듯.
이쪽 응원단은 일제히 몸과 고개를 왼쪽으로 잔뜩 눕힌다.
모든 입술도 힘껏 오므려 왼쪽으로 끌어당기니
이를 내려다 보던 농구공은 싱긋, 각도를 조금 수정하여
링 안으로 쏘옥! 골인!

76대 77로 지던 팀이

79대 77로 대역전! 와아아아!

* 버저비터 : 농구 경기 종료를 알리는 버저 소리와 함께 성공된 골. 버저가 울리는 순간 공이 슛하는 선수의 손에서 떠나 있어야 골인으로 인정한다.
* 백보드 : 농구에서, 바스켓(링)이 달린 뒤쪽의 정사각형 널빤지.

소화기

저 안전핀 꼭 뽑아 보고 싶다.
불난 곳에 호스를 대고
소화기 손잡이를 꾹!
하얀 소화액 뿜어 불 끄고 싶다.

우리 학교 복도 곳곳
단 한 번 들어보지 못한 소화기들 안고
그 손잡이를
꾸욱 눌러 보고 싶다.

같이 가는 길

모두 한 동네로 갈 것처럼
시내버스 정류장에 서 있지만

각자 버스와 눈이 맞으면
반가이 차에 올라
먼저 앉은 손님 둘러본다.

같은 차 타고 같은 길로 함께 가는 인연
처음 만난 사이지만
어쩐지 눈맞춤하며 씩 웃고 싶다.

6
7
10
101
102

잡초의 이름

오랜 폭우 뒤 오랜 폭염
사람들은 미치겠다지만

우리는 물 맘껏, 햇볕 맘껏 신난다.
강둑에 우렁찬 우리들 만세 소리

질경이, 민들레, 괭이밥, 애기똥풀
쑥, 냉이, 씀바귀, 고들빼기…

가로수 밑, 보도블록 틈에 얼굴 내밀었다.

“나 명아주야, 여기 살아 있어!”

모두 여름내 제 이름표 맘껏 내보이며 살았다.

큰 바구니

우리 옆 동네 고모 전화
"여름 음식 몇 가지 했어요. 와서 가져가요."

큰 바구니 실은 엄마 차 타고 나도 가니
오이 냉국, 겉절이 김치, 고구마 줄기 볶음을
작은 그릇 세 개에 담아 놓으셨다.

힐끗 큰 바구니 바라보고
고모는 미안
엄마는 민망
나는 호호호.

똑같은 집

잔디 언덕 위
붉은 벽돌집 한 채

하도 예뻐서
언덕 아래 호수가
물속에 똑같은 집 한 채를
지었습니다.

길

길에선 꼭

앞으로만 걸어야 하나?

아름다운 산길

아빠가 걷는 사진을 보면

일부러

뒤로 걸어가는 것만 같다.

눈맞춤

머리 깎고 나오다가
가지치기한 나무를 보았다.

늘어진 가지 싹둑
휘어진 가지 싹둑
환하고 산뜻해진 나무

우리는 마주 보며 싱긋
눈맞춤했다.

쉬엄쉬엄

시내버스는 신나게 달리다가
잠깐 서서 쉬고

다시 씽씽 달리다가
또 서서 한숨 돌리고

달리다가 쉬고

쉬다가 달리고

그렇게 먼 거리 한 바퀴

편안한 제집으로 돌아옵니다.

나무 얼굴 그리기

가로수가 길에 제 얼굴을 그려요.
이른 아침에는 길쭉하게

한낮에는 동그랗게
저녁에는 다시 길쭉하게

가로등 켜지면
똑같은 얼굴 그려놓고 밤을 새웁니다.

제 3부 엊그제

손맛

예쁘게 깎은 참외와 수박
우리는 포크로 찍어 먹는데

할머니는 꼭 손으로 집어 잡수신다.
"왜? 이상하냐?"

닭볶음도 손으로 뜯어 잡수시고
포기김치도 길게 찢어 손으로 드신다.

"손이 먼저 맛보고 혀에 알려야 제맛을 아는겨."

엊그제

친구들과 줄넘기하던 날 엊그제구나.

꽃단장 결혼식도 바로 엊그제.

아기 둘 낳아 키운 일도 엊그제.

네 아빠 대학교 졸업식도 엊그제.

네 엄마 처음 만나 꼭 안아 준 날도 엊그제.

할머니는 엊그제

굉장히 바쁘셨겠다.

더위 피하기

동구 밖 느티나무 아래
할머니들 모여
정담 나누시며
더위 피하고

그 나무 옆 파라솔 아래
아이들 모여
아이스크림 먹으며
더위 피하고.

선글라스

"땡볕을 직접 쐬면 눈에 아주 나쁘죠."
아침 텔레비전 방송 보시고

할머니 할아버지들은
아들 며느리, 딸 사위 선글라스
빌려 쓰고 경로당에 오셨다.

검고 젊은 안경에 서로 어리둥절
얼른 얼굴 알아보지 못해

"당신 누구여?"
"그러는 당신은 누구당가?"

그늘 한 점

한여름 땡볕
아주머니, 할머니들은
예쁜 양산 들고 가시는데

할아버지들은
시커먼 우산 들고 가신다.
아이들이 킥킥 웃으니

“왜? 그늘 한 점씩은 똑같은데 뭐.”

땅 나라

3년 동안 아프셨던 외할머니는
산속 깊이 묻히셨어요.

모두 눈물지으며 말했어요.
"이젠 하늘나라에서 편히 쉬실 거야."

난 참 이상했어요.
할머니는 땅 나라로 가셨잖아?

철조망 붙잡고

6월이 오면 우리 가족은
임진각, 6.25 전쟁 납북자기념관에 가서
돌에 새긴 증조할아버지 성함 밑에
흰 꽃다발 놓고 묵념한다.

돌아오는 자유로
"잠깐 길옆에 차 세워다오."
할아버지는
임진강 철조망 붙잡고
북녘땅을 향해

"아버지! 아버지이……!" *

목놓아 외치신다.

할머니는 말없이 할아버지 등을 쓸어주신다.

* 아버지 : 지은이의 아버지. 1950년 6.25 전쟁 중, 7월 12일 서울 혜화동 집에서 북한 공산당에게 강제 끌려가심. 8월 17일 밤, 황해도 해주에서 50여 명이 깊은 밤 탈출 시도. 절반만 성공, 절반은 다음 날 새벽, 붙잡혀 주도한 세 분은 그날 총살형. 억울한 이승의 삶을 낯선 땅에서 마치심. (동아일보 1962.4.2. '납북인사 북한 생활기' 기사)

할아버지의 젊은이

된 바람을 하얀 머리로 물리치며
힘겹게 걸으시던 할아버지
벤치에 간신히 앉으시는데

반백 할아버지가 달려와
"어르신, 지팡이를 잠깐 빌려주시겠습니까?
모자가 날아가 나뭇가지에 걸렸어요."

"그러구려. 내 지팡이가 젊은이를 돕다니. 어허허."

할아버지 시계

버스 정류장, 허름한 신사복 할아버지가
연신 손목시계를 들여다보신다.
기다리는 버스 안 와서 맘 졸이시나?

여러 대 버스 달려오건만
할아버지는 거들떠보지도 않고 왔다 갔다
시계만 들여다보시네.

꼭 만나야 할 사람이 누구시길래
저리도 계속 시계만 보고 계시는지.

이른 가을 아침

일찍 깨어 창을 여니
귀뚜라미 자장가 한창이다.

놀이터 키 큰 버드나무
건너편 아파트 건물도
깊은 잠에 빠졌다.

샛길로 한 할아버지 뒷짐 지고 걸어가신다.
그 길만 눈 비비며 슬슬 일어난다.

더 넓고, 더 환하네

오래 간직한 책 한 보따리
아끼던 음반 한 상자, 예쁜 그릇 한 상자

10년 지나도 안 쓰는 물건
할아버지는 아파트 현관에 수시로 내놓으신다.
'필요하신 분 가져가세요.'

할아버지네 좁은 집은 더 넓어지고
빈 곳이 자꾸 생겨 집안은 더 환하네.

슬픈 보물찾기

할머니 방 책꽂이 책갈피에서
오십만 원 돈다발이 뾰족
“고놈, 네가 가긴 어디로 가?”

할머니 방 이불장 밑 빼끔 얼굴 내민
주민등록증, 신용카드 든 자주색 지갑
“과연 찾기 선수 손자로다!”

할머니는 나 재밌으라고
일부러 방 곳곳 귀한 물건 숨기고
나더러 보물찾기 하라 하신다.

흰 소금

감기 몸살은 나흘 동안
할아버지 몸을 꽁꽁 묶어 놓더니
코 밑, 턱, 뺨에

흰 소금
한 줌 뿌려놓고
달아났네.

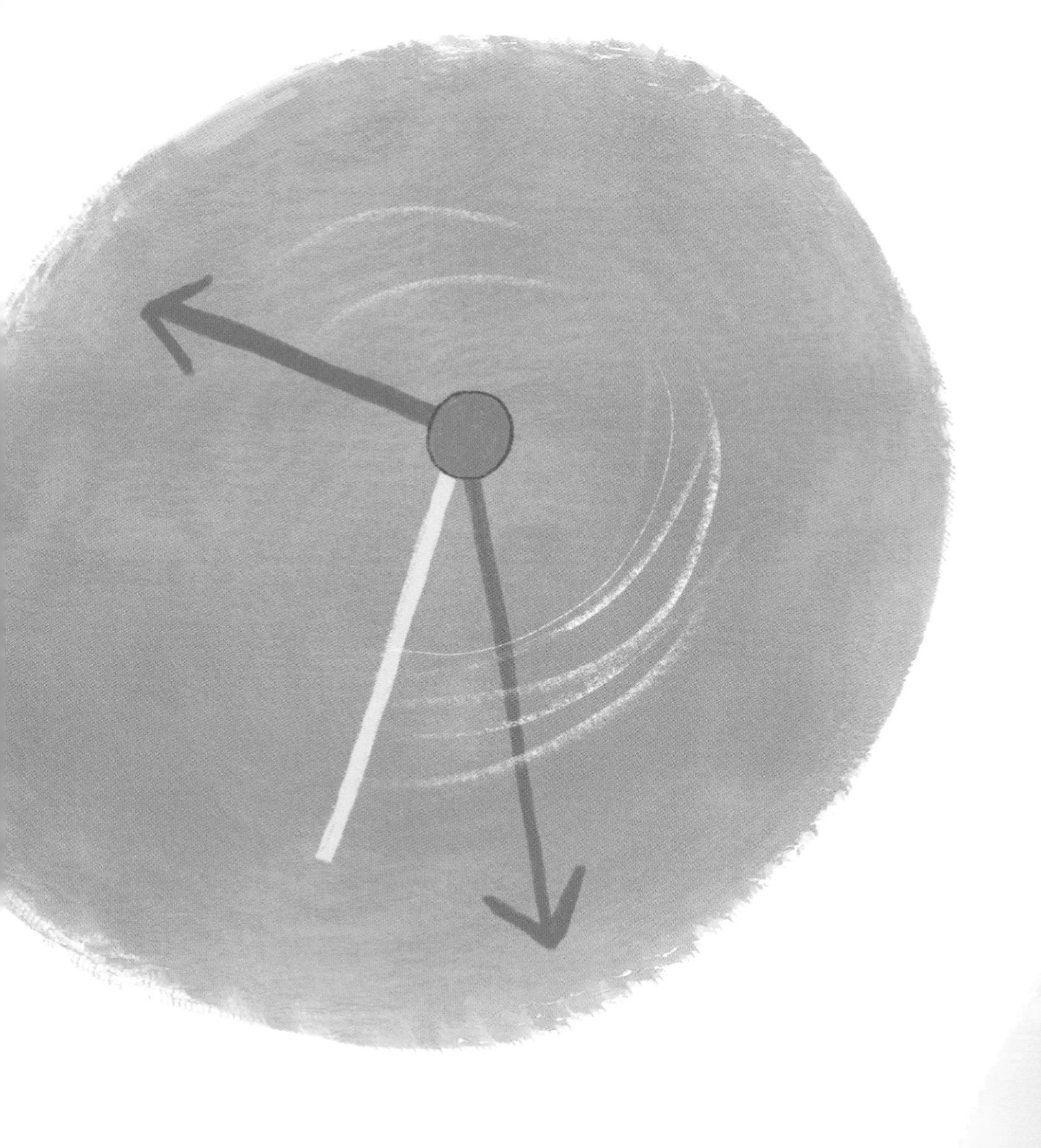

초침

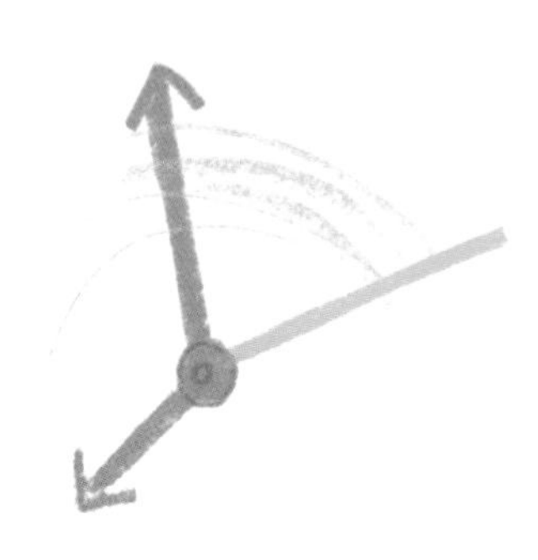

시계 초침은
한순간도 쉬지 않고
누가 보건 말건
종일 뱅글뱅글.

끝없이 돌아가는 초침
한 바퀴, 열 바퀴, 백 바퀴
천, 만, 억 바퀴……
내가 어른이 되어도 지금처럼 돌겠지?

제4부 발바닥

그대로 멈춰라

어린이집 학생들 동네 한 바퀴 “출발!”

네 살 머리 위로 나비 날아가네.
“턴탱님, 나이 나서요.”
“왱? 난리가 났어?”

개미 떼를 보고는
“턴탱님, 애미가 두꺼웠어요.”
“뭐라굿? 연희가 죽었다고?”

찻길 앞에서 선생님의 외마디 소리. “멈춤!”
손 풀린 어린이들 곳곳 우뚝 서서 합창한다.
“그대오 멈춰아!”

발바닥

공원 잔디밭을 기어가던 아기가
발바닥에 붙은 풀잎을 떼려고
앉아서 두 손으로
발바닥 하나를 들어 올리니

으응?

처음 보는 납작한 발바닥

신기해서 어루만지다가

뒤로 벌렁

또 만지다가 옆으로 벌렁.

부럽다

누나 손 잡고 가는 아이
참 부럽다.

형 허리 잡고 까불까불 걷는 아이
참말 부럽다.

두 사람 따라가는
길고 짧은 두 그림자도 부럽다.

이상한 잠

잘 놀고 잘 자던 다섯 살 아기

어느 날

발바닥 티눈 수술 *

전신 마취에서 깨어 눈 뜨니

낯선 침대

낯선 사람들

졸리지도 않은 이상한 잠 자고 놀라서는

"나, 잤단 말이야!"

엄마 손 움켜쥐고 으앙, 울었대요.

* 티눈 : 손바닥, 발바닥에 생기는 사마귀 비슷한 굳은살.

엉덩이를 두드리니

A4 용지 여러 장 겹쳐 놓으니
한 장 한 장 이리 비쭉 저리 비쭉
각자 제멋대로일 때

두 손으로 모두 끌어안아
들었다 놓았다
책상 위에 톡톡톡
엉덩이 두드려주니

말도 잘 듣지.
키가 똑같은
얌전한 형제들이 되었다.

고마운 친구들

짝꿍과 말다툼하고 나와
운동장 옆 큰 나무를 끌어안으면
“조금 지나면 둘 다 괜찮아져.”

운동장까지 내려온 산자락
큰 바위에 얼굴 가만히 대면
“내가 다 알고 있어.”

학교 잔디밭에 누워
먼 하늘 바라보면
“이제 맘 좀 풀리지?”

안아주기

친구와 다투고 침울할 때
언니가 꼬옥 안아주니
어둡던 마음 차츰 환해진다.

전국소년체전 100미터 은메달 받고 온 날
반 친구들이 몰려와 안아주니
시상식 때보다 더 기쁘다.

시원한 가을바람이 와서
내 몸을 덥석 안아주니
무덥던 긴 여름도 용서가 된다.

그늘

아파트 앞 양지바른 정원 목련 꽃잎은
금방 활짝 피고 금방 떨어졌지만

아파트 뒤 그늘 목련은
그제야 꽃봉오리 수백 개
천천히 조금씩
주민들 마음에 매일 등불 달아준다.

그늘 밑을 지나면 늘 마음 느긋해진다.

머쓱

산 전체에 진달래꽃 흐드러져도
등산객 없으면 머쓱.

예쁜 새들 끊임없이 지저귀어도
듣는 이 없으면 머쓱.

야구장 밤하늘 만루 홈런
관중석 듬성듬성하니
팔 바퀴 돌리는 타자의 얼굴이 머쓱.

안경다리

컴퓨터 앞 잠깐 쉬려고
안경을 이마 위에 얹고
집안을 돌아다니면
아무렇지도 않은데

아파트 10층 베란다 창 열고
먼 경치 바라보면
안경이 저 아득한 바닥으로 떨어질 것만 같아
언제나 안경다리를 꼭 붙잡고 내다본다.

잔머리

불볕더위
심부름 잠깐 다녀와도 땀이 흘러
찬물로 시원하게 샤워한다.

얼마 뒤 또 심부름.
귀찮아서 이번엔 머리 아래만 찬물 뿌리니

머리가 내 맘 어찌 알았을까?

“머리가 시원해야 온몸이 시원해져.
잔머리 굴리지 마라. 이잉?”

개처럼

우리 개는 목줄 팽팽
힘차게 앞서가다가 돌아와
내 둘레를 연거푸 도는 바람에
두 다리가 절로 묶인다.

목줄 쥔 손을 바꾸어

줄을 풀면 간단하지만

나도 우리 개처럼

빙글빙글 몸 돌려 감긴 줄을 푼다.

운동화 끈 매기

오른쪽 운동화 끈이 느슨해서
죄어 매니

이번엔 왼쪽 운동화가 조금 헐렁

왼쪽 운동화 끈을
바짝 매니까

이번엔 또 오른쪽 운동화가
조금 더 헐렁.

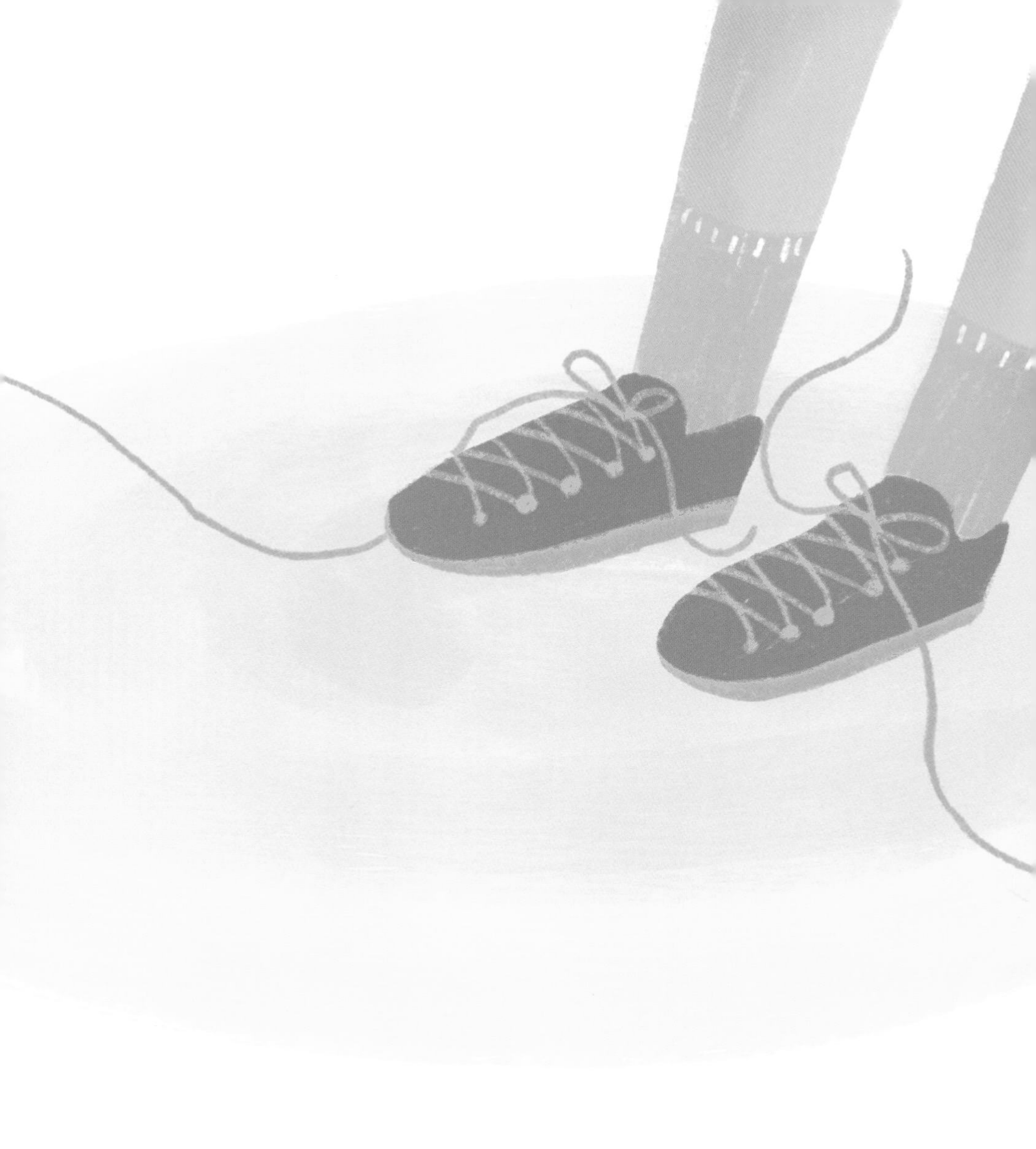

내 소리

아파트 길 가로수
매미 소리 굉장하다.

비슷한 소리 수백 마리 뒤섞여도
매미들은 모두
자기 목소리를
찾아낼 수 있겠지?

아침마중 동시문학 040

어린이 명함

초판 1쇄 발행 · 2024년 12월 10일

지은이 · 최영재
그린이 · 양채은
펴낸이 · 박옥주

펴낸곳 · 도서출판 아침마중
등록일 · 2011년 11월 22일
주　소 · (우)01446 서울특별시 도봉구 도봉로 109길 78
전　화 · 02-995-0071~3, 02-995-1177
팩　스 · 02-904-0071
이메일 · adongmun@naver.com/ joo415@hanmail.net
홈페이지 · www.adongmun.co.kr
편집디자인 · 아동문예

ISBN 979-11-86867-74-7　　73810
가격 13,000원